NOTES

SUR LA PROSODIE TAMOULE

PAR

M. JULIEN VINSON

INSPECTEUR DES EAUX ET FORÊTS
PROFESSEUR À L'ÉCOLE DES LANGUES ORIENTALES VIVANTES
ET À L'ÉCOLE D'ANTHROPOLOGIE

EXTRAIT DU JOURNAL ASIATIQUE

(Mai-Juin 1915)

PARIS

IMPRIMERIE NATIONALE

MDCCCCXV

NOTES
SUR LA PROSODIE TAMOULE

NOTES
SUR LA PROSODIE TAMOULE

PAR

M. JULIEN VINSON

INSPECTEUR DES EAUX ET FORÊTS
PROFESSEUR A L'ÉCOLE DES LANGUES ORIENTALES VIVANTES
ET A L'ÉCOLE D'ANTHROPOLOGIE

EXTRAIT DU JOURNAL ASIATIQUE

(Mai-Juin 1915)

PARIS

IMPRIMERIE NATIONALE

—

MDCCCCXV

NOTES

SUR LA PROSODIE TAMOULE.

Les poètes canaras, télingas et malayâlas ont suivi docilement les règles et les habitudes de la prosodie sanskrite; aussi leurs ouvrages, au point de vue de la forme, n'offrent aucun intérêt particulier. Il en est tout autrement de la poésie tamoule : elle est autochtone et originale. On sait que les vers sanskrits sont déterminés par le nombre des syllabes, par leur quantité et par l'un et l'autre; ainsi le *çloka* est une strophe de quatre hémistiches, *pâda*, de huit syllabes dont la cinquième et la sixième forment un iambe, tandis que la septième est longue dans le premier et le troisième *pâda*, et brève dans les deux autres. J'ai trouvé, il est vrai, dans le Râmâyaṇa des çlokas où les trois avant-derniers pieds du troisième hémistiche sont un tribrache : श्रोतुमिच्छामि भगवन्, अपश्यम् तख पितरौ, etc. Rien de pareil en tamoul; les vers y sont essentiellement réglés par le rythme, par la cadence harmonique, par ce que j'ai appelé « connexion » et dont je parlerai plus loin.

Le tamoul est beaucoup plus indépendant du sanskrit que les autres langues dravidiennes. Son alphabet, fort bien fait, admirablement adapté à son phonétisme, ne peut servir à aucune autre langue. Les mots sanskrits qui ont envahi son vocabulaire forment deux séries tout à fait distinctes : la

première comprend des mots assez peu nombreux fort ancienne-
ment empruntés et le plus souvent altérés au point d'être
devenus méconnaissables ; la seconde est formée de mots simplement transcrits et où se trouvent ce que nous appellerions
en néo-latin des doublets pédantesques : உலோகம் *ulôgam* à
côté de உலகு *ulagu* « monde » ; சைப *çabei* à côté de அவை *avei*
« assemblée ». Enfin la prosodie est autochtone.

Cette indépendance ne peut guère être expliquée que de
la façon suivante. Les Tamouls, qui habitaient l'extrémité méri-
dionale de la péninsule, étaient probablement mieux organisés,
plus avancés en civilisation que leurs congénères ; ils sont
entrés les derniers en contact avec les immigrants aryens qui
ont été pour eux plutôt des éducateurs que des conquérants.
Le télinga et le canara — car le malayâla n'est qu'un dérivé
moderne du tamoul — ont été écrits par des brahmanes venus
du Nord ; le tamoul a dû l'être par des indigènes que les brahmanes avaient élevés et instruits, mais qui avaient gardé en
grande partie la mentalité et les habitudes de leurs ancêtres.
Il devait y avoir dans le pays tamoul une importante littérature
orale, des légendes, des chants populaires, des poèmes d'amour
et de guerre, composés suivant un rythme traditionnel, repré-
senté par le vers *magistral* dont il sera question plus loin, qui
a été simplement régularisé et modifié et qui a produit les
autres mètres employés plus tard.

L'écriture a été introduite dans le Sud de l'Inde vers le
milieu du iiiᵉ siècle, et les premiers monuments épigraphiques
sont du siècle suivant. L'histoire de la littérature tamoule se
partage en cinq ou six périodes successives qui se prolongent
et empiètent les unes sur les autres. La première, celle de
formation, correspond à l'établissement du brahmanisme, qui
s'est développé de plus en plus surtout sous la forme du çivaïsme, mieux approprié aux cultes naturalistes indigènes dont
il a adopté les superstitions, les légendes, les divinités locales

et les innombrables esprits malfaisants. C'est alors qu'a commencé la construction des grandes pagodes du pays tamoul,
presque toutes consacrées à Çiva sous ses formes multiples
régionales. Près de Karikal, il y a la pagode de Tirounalar
(quelques fonctionnaires mal avisés disent Tirnoular), proprement *tirunallâr'u* திருநள்ளாற்று « la sainte voie affectueuse », sous
le vocable de Tyâgarâjâ त्यागराजा « le prince de la libéralité »
ou du renoncement »; non loin de Pondichéry est celle de
Villenour (*Vilvanalur* « la bonne ville du cratœva ») où est adoré
Çiva mâle et femelle, sous la figure de Kâmîça, qui donne aux
femmes stériles la fécondité.

La seconde et la troisième périodes sont caractérisées par
l'influence prépondérante des Djainas et par la guerre impla-
cable que leur firent les Çivaïstes; ceux-ci finirent par triompher,
non sans avoir eu à lutter contre une invasion sur la côte sud-
orientale des Bouddhistes de Ceylan. A côté du Çivaïsme victo-
rieux se glissa le Vichnouisme réformé descendu du Nord, avec
les grandes épopées et les dix-huit *Purânas*, à l'imitation des-
quels et sous le même nom furent écrites les légendes sacrées
des sanctuaires méridionaux. La prosodie tamoule a éprouvé,
à cette époque, de graves modifications, mais elle a changé
surtout pendant la dernière période, après l'invasion musul-
mane et l'arrivée des Européens, où, du reste, on se mit à
écrire en prose. S'il fallait donner les dates approximatives du
commencement de ces diverses périodes, j'indiquerais, sous
toutes réserves, les IVᵉ, VIᵉ, VIIIᵉ, XIIᵉ, XVᵉ siècles.

C'est pendant la seconde et la troisième périodes que furent
composées les vieilles grammaires, dont quelques-unes seule-
ment sont parvenues jusqu'à nous; A. C. Burnell a fait voir
qu'elles s'inspirent d'ordinaire des enseignements de l'école
sanskrite Aindra. Elles traitent successivement des lettres, des
mots, de la composition. La composition elle-même, divisée en
trois parties : composition proprement dite, prosodie et rhéto-

rique, traite des deux grands sujets, l'amour et la guerre. La prosodie s'appelait செய்யுளியல் *çéyyuliyal* « nature de la poésie »; le mot செய்யுள் *çéyyul*, que je traduis « poésie », signifie littéralement « sentiment actif » ou « sentiment exprimé », des radicaux செய் *çéy* « faire » et உள் *ul* « exister, sentir, vivre ».

La prosodie s'occupe de huit choses, énumérées dans le vers suivant :

எழுத்தசைசீரடிதளிதொடைபாவினம்

éruttaçeiçîraḍitaḷeitoḍeipávin'am

On voit que je transcris le tamoul conformément à la prononciation normale de ses lettres; les Anglais ont adopté un autre système qui est absolument faux : puisque *ni* se prononce *ci* ailleurs qu'à la première syllabe, puisque les explosives simples sont dures au commencement des mots et douces au milieu, pourquoi écrire *akaval* et *pilley* ce qui en réalité *agaval* et *piḷḷei*? De même le nom de pays சோழ transcrit *Chola*, que les auteurs sanskrits ont dit *Çoḍa*, que les Grecs ont plus exactement écrit Σωραι : l'initiale est une sifflante dento-palatale et le ழ est certainement le *ṛ* lingual. Il est bon de faire remarquer qu'à l'époque où les Grecs et les Romains venaient dans l'Inde, les langues dravidiennes n'étaient pas encore écrites.

Les huit objets de la prosodie sont :

1° Les lettres, *éruttu* எழுத்து, proprement « marque, signe, figure, dessin, tableau »;

2° Les syllabes métriques, *açei* அசை « mouvement »;

3° Les pieds, *çîr* சீர் « gloire, illustration »;

4° Les vers, *aḍi* அடி « pas » ou « pied » (skr. pâda);

5° Les connexions ou séquences des pieds, *taḷei* தளை « chaîne »;

6° Les connexions ou liaisons des vers, *toḍei* தொடை « lien, guirlande »;

7° Les mètres, *pâ* பா « chant, vers, strophes »;

8° Les combinaisons de mètres, *in'am* இனம் « union ».

§ I. Lettres.

L'unité de temps est le கணம் *kaṇam* (skr. *kṣaṇa*) « clin d'œil » ou le நொடி *noḍi* « claquement de doigts », dont il faut deux pour un temps, pour l'unité de mesure, மாத்திரை *mâttirei* (skr. *matra*). Les voyelles brèves comptent pour un temps, les longues pour deux. Une voyelle brève devient longue par position, soit qu'elle reste isolée à la fin d'un mot, ou qu'elle soit suivie de deux ou plusieurs consonnes. La diphtongue ஐ est longue quand elle se prononce *ai*, c'est-à-dire à la première syllabe des mots, et brève quand elle se prononce *ei*, c'est-à-dire dans les autres cas.

Il y a, en outre, des voyelles allongées et des voyelles abrégées, qui valent, les premières trois temps et les secondes un demi.

L'allongement se fait par ce qu'on appelle en sanskrit *pluta*, par l'addition à la voyelle longue de sa brève. Les Tamouls peuvent même faire cette addition deux fois. Ainsi de தொழாா « ils n'adorent pas » on peut faire தொழா அா et தொழா அஅா.

Les voyelles qui s'abrègent sont இ *i* et உ *u*; la première quand elle précède ய; la seconde quand elle est jointe à une consonne dure à la fin d'un mot.

Les Tamouls classent leur dix-huit consonnes en trois catégories : fortes ou dures, க, ச, ட, த, ப, ற; douces ou faibles, ங, ஞ, ண, ந, ம, ன; et moyennes, ய, ர, ல, வ, ழ, ள.

§ II. Syllabes métriques.

C'est ici une des particularités de la prosodie tamoule; à la longue, elle n'oppose pas la brève, mais, ce qui est logique, la double brève, et, comme la dernière syllabe d'un mot est toujours douteuse, la double brève est souvent un iambe comme நிலா *nilâ* «lune».

La longue s'appelle நேர் *nêr* «juste, exact» et la brève நிரை *nirei* «égal, équivalent».

§ III. Pieds.

Il n'y a naturellement que deux pieds d'une syllabe, celui en *nêr*, qu'on appelle நாள் *nâḷ* «jour», et celui en *nirei* qu'on appelle மலர் *malar* «fleur»; on les remplace quelquefois par deux pieds supplémentaires, qu'on obtient en leur ajoutant un *u* abrégé; leurs noms servent en même temps de spécimens : காசு *kâçu* «monnaie, argent» et பிறப்பு *pir'appu* «naissance».

Les pieds de deux syllabes sont au nombre de quatre : *nêr nêr* − −, *nirei nêr* ⌣ ⌣̆ −, *nêr nirei* − ⌣ ⌣̆ et *nirei nirei* ⌣ ⌣̆ ⌣ ⌣̆. Ils ont des noms qui indiquent leur composition : தேமா *têmâ* «manguier doux», புளிமா *pulimâ* «manguier acide», கூவிளம் *kûviḷam* «feronia brillant», கருவிளம் *karuviḷam* «feronia sombre».

De ces quatre pieds on en forme huit de trois syllabes en ajoutant à chacun d'eux un *nêr* et un *nirei;* les noms de ces pieds prennent la terminaison காய் *kây* «fruit vert» et கனி *kan'i* «fruit mûr». Ainsi *nêr nêr nêr* − − − est un *têmângây* «fruit vert du manguier doux». Le triple *nirei* ⌣ ⌣̆ ⌣ ⌣̆ ⌣ ⌣̆ s'appelle *karuviḷangan'i* «fruit mûr du feronia sombre».

Ces seize pieds sont les seuls en usage; mais les grammairiens en indiquent seize autres de quatre syllabes en தண்பூ *taṇbû*

« fleur fraîche », தண்ணிழல் *taṇṇiṛal* « ombre fraîche », நறுமபூ *nar'umbû* « fleur parfumée » et நறுநிழல் *nar'uniṛal* « ombre parfumée ». *Têmânar'uniṛal* serait donc — — ᴗ ᴗ̆ ᴗ ᴗ̆.

§ IV. Vers.

Il n'y a pas de vers monosyllabiques, mais on peut intercaler dans certains poèmes des pieds isolés dits தனிசசொல *tan'iççol* « mot tout seul ».

Les vers de deux pieds sont appelés குறளடி *kur'aḷaḍi* « vers nains »;

Ceux de trois pieds, சிநதடி *çindaḍi* « vers faibles »;

Ceux de quatre pieds, அளவடி *aḷavaḍi* « vers mesurés »;

Ceux de cinq pieds, நெடிலடி *nédilaḍi* « vers longs »;

Ceux de six pieds et plus, கழிநெடிலடி *kaṛinédilaḍi* « vers très longs ».

Dans les poèmes anciens, on trouve très rarement des vers de plus de sept pieds.

§ V. Connexion des pieds.

C'est ce qu'on appelle *taḷei* « chaîne, arrangement organique, séquence harmonique des pieds ». On en compte quatre, qui correspondent aux quatre mètres principaux.

La *taḷei* du vers blanc est la plus précise et la plus rigoureuse. Elle a été ainsi formulée dans un ancien distique :

மாமுனனின்சரயுமவிளமுனனேனேரும
காயமுனனெனருமவவருமவெளளீகாகே

Au *veṇbâ*, après un *mâ* vient un *nirei*, après un *viḷam* un *nér* et après un *kây* un *nér*.

La *taḷei* du vers magistral paraît demander qu'à un *nêr*
succède un *nêr* et qu'un *nirei* soit suivi d'un *nirei*, mais il y a
de nombreuses exceptions.

La *kalittaḷei* est tout le contraire de celle du *veṇbâ*, mais il y
a aussi de nombreuses exceptions.

Quant à la *taḷei* du *vañdji*, je n'ai pu m'en rendre compte.

§ VI. Connexion des vers.

Il y en a cinq, que je définis : *consonance, assonance,
rime, antithèse* et *allongement*.

Les trois dernières sont si peu en usage que je n'en connais
pas d'exemples en dehors des grammaires.

La rime, இயல்பு *iyalbu*, est, comme en Europe, la répétition
finale d'une voyelle ou d'un groupe de lettres.

L'antithèse, முரண் *muraṇ*, veut que si un vers commence
par les mots or, soleil, lumière, bien, etc., le suivant commence par fer, lune, obscurité, mal, etc.

L'allongement, அளபெடை *aḷabéḍei* «extension de mesure»,
consiste en ce que tous les vers commencent par une voyelle
allongée, ஆ அ, etc.

La consonance et l'assonance sont au contraire d'usage
ordinaire et constant.

La consonance, எதுகை *édugéi* est la répétition ou la consonance de la première consonne de la seconde syllabe litté-
rale des vers; sont dites consonantes les fortes d'une part
entre elles, et de l'autre les douces, *nigar* et *pagei, magan'* et
budan', maṇi et *mun'al*.

L'assonance, மோனை *mon'ei*, est la répétition de la première
lettre, simple ou composée, d'un mot ou d'une lettre assonante.
Sont assonantes *a, â, ai,* — *i, î, é, ê,* — *u, û, o, ô,* — *ç* et
t, — *ñ* et *n,* — *m* et *v,* — *agar* et *aṇi, çuḍar* et *tôn'd'i, mîn'*
et *veḷḷam*.

L'assonance et la consonance caractérisaient évidemment
la poésie primitive. Dans les plus anciennes inscriptions, on
les trouve tantôt l'une, tantôt l'autre, tantôt toutes deux, employées indifféremment d'un vers au suivant ou d'un pied à un
autre du même vers. Mais à l'époque où la littérature a atteint
tout son développement, l'usage s'est établi d'employer concur-
remment ces deux connexions, la consonance dans tous les
vers de la strophe, l'assonance dans les vers et d'ordinaire
entre le premier pied et le pied moyen. Par élégance, on fait
consonner plusieurs syllabes sauf la première. Voici deux
exemples :

செலவடபொாரககதகககணணன

செயிரதெதறிநததசினவாழி

முலலீததாரமறமனனா

முடிததலீலயைமுறுககிடபொ

யெலலீதீரவியனகொணமூ

விடைநுழையுமதியமபொன

மலலலொாஙகெழிலயானீ

மருமமபாயநதொாளிததெ

çelvappôrkkadakkaṇṇan' céyirttér' indaçin' avâṛi
mulleittârmar' aman'n' armuḍittaleiyeimur' ukkippô
yelleitirviyan' koṇmûviḍeinuṛeiyumadiyampôn'
mallalôṅgéṛilyân' eimarumampâyandoḷittadé

Le disque furieux, violemment lancé par le héros aux yeux ardents
dans l'ivresse de la bataille, s'en alla, coupant les têtes couronnées des
rois, meurtrier aux guirlandes de jasmin, et, comme la lune qui pénètre
dans un épais nuage sans fin, s'élança sur la poitrine d'un éléphant
superbe plein de force, et y disparut.

மணிபுரையருமபிவானமீன

வடிவொடுமலராநதவெணமுத

தணிபுரைமணஙகொாடெனடெயய

யழகலரனறுமவாடித

துணிபுறைகிழவிழநதாய

தூளிஊககணடுஞசனமப .

பிணிபுரைபிணிததநாொமா

பொரககிலாவாழதுமெனபாம

maṇipureiyarumbivân'mîn'vaḍivoḍumalarndavenmut
taṇipureimaṇankodênpeyyeṛagalaran'd'umvâḍit
tuṇipureikîrvîrndâyatûḷin'eikkaṇḍuñcan'map
piṇipureipiṇittanâmôpêrkkilâvaṛdumén'bâm

Quand nous voyons les belles fleurs se former en boutons pareils à des pierres précieuses, s'épanouir à la façon des étoiles du ciel, donner en perles blanches un miel parfumé, se flétrir en un jour et tomber en poussière sous nos pieds, comment pouvons-nous dire que nous vivons sans incertitude, nous qui souffrons du mal de la naissance [1] ?

A une époque plus moderne, on a inventé les connexions des strophes successives d'un même poème. La plus simple et la plus régulière est l'*andâdi* அந்தாதி (अन्दादि); comme le nom l'indique, elle fait commencer chaque strophe par le mot ou la syllabe qui termine la strophe précédente.

§ VII. Mètres.

Il y a cinq mètres, dont j'interprète les noms : vers blanc ou d'éclat, vers magistral, vers défectueux ou irrégulier, vers triomphal et vers confus, mélangé ou mixte. Ce dernier, மருட்பா *marutpâ*, se rend aux fantaisies des grammairiens.

A. Vers blanc, வெண்பா *veṇbâ*. Ce mètre est le plus régulier et le plus exactement réglé. Il se compose de strophes de deux, trois, quatre ou cinq vers de trois à quatre pieds; le dernier

---

[1] Cette strophe a été assez mal traduite par l'abbé Dupuis dans sa *Grammaire*. Il a mis «les maladies innées» au lieu de «le mal de la naissance», ce qui permet de supposer que le savant missionnaire, malgré son long séjour dans l'Inde, n'était pas bien au courant de la philosophie hindoue.

vers doit avoir trois pieds, dont le dernier est monosyllabique. La *taḷei* correspondante doit être rigoureusement observée.

Parmi les diverses espèces de *veṇbâ*, on peut citer :

1° Le குறள் *kur'aḷ* «nain», qui est un distique sous une seule consonance;

2° L'*in'n'içei* இன்னிசை «douce harmonie», qui a quatre vers égaux en deux consonances, dont les trois premiers ont quatre pieds;

3° Le *nériçei* நேரிசை «harmonie exacte», qui a un vers de quatre pieds, un de trois pieds, sous une seule consonance, puis un pied isolé qui consonne avec les deux premiers vers, mais se rattache aux deux autres par le sens; ceux-ci ont une autre consonance.

B. Le vers magistral est un poème d'un nombre indéterminé de vers de quatre pieds, qui consonnent deux par deux. Le poème doit se terminer par *ê, ô, i, ai, éna.*

Dans la variété la plus ordinaire, l'avant-dernier vers n'a que trois pieds.

Le nom de ce mètre, அசிரியப்பா *âçiriyappâ,* est sans doute une altération du sanskrit आचार्य.

C. Le vers irrégulier, கலிப்பா *kalippâ,* a aussi un nombre indéterminé de vers de quatre pieds; les grammairiens en comptent de nombreuses espèces extrêmement variées que nous ne pouvons expliquer ici.

D. Le vers glorieux, வஞ்சிப்பா *vañdjippâ,* est également irrégulier, mais les vers y sont généralement de trois pieds.

De tous ces mètres, le plus ancien et le plus original, le seul sans doute qu'aient connu les Dravidiens primitifs, est le vers magistral, qui n'est en somme que de la prose rythmée.

Le spécimen le plus parfait du vers magistral est sans doute un petit poème de cinq vers qui se rattache à une des légendes les plus intéressantes du Çivaïsme. Un roi de Maduré se trouvait un jour dans son jardin, seul avec sa femme. Il sentit tout à coup une odeur délicieuse dont il ne put s'expliquer la provenance. Il fit exposer dans un endroit public — c'était sans doute l'âge de la vertu absolue — une bourse pleine d'or, avec une inscription annonçant que cette bourse serait attribuée par l'Académie de Maduré — les Académiciens étaient déjà souverains en matière littéraire — au poète qui expliquerait l'origine du parfum dont le roi avait été charmé. Un pauvre brahmane, nommé Dharmi, vit là l'occasion de sortir de la misère, et il supplia Çiva de l'aider à remporter le prix. Le grand dieu lui dicta une strophe où il était dit que la chevelure de la femme supérieure, de la *padminî*, est parfumée par elle-même; mais l'Académie trouva cette affirmation inexacte et ne voulut pas accorder la prime au pauvre brahmane. L'Académie tenait ses séances sur un étang sacré où poussaient des lotus d'or, et ses membres, qui étaient des incarnations des lettres de l'alphabet, prenaient place sur un banc merveilleux qui s'élargissait ou se rétrécissait suivant le nombre des membres présents. On raconte à ce propos que lorsque Tiruvaḷḷuva vint leur soumettre son poème des *kur'al*, ils ne voulurent pas en reconnaître le mérite; alors le poète eut recours à ce qu'on pourrait appeler le jugement de Dieu : il posa son manuscrit sur le banc qui se réduisit à la seule dimension de l'ouvrage, précipitant dans l'eau les juges iniques. Ils étaient d'ailleurs fort suspects de partialité. Ils avaient, paraît-il, l'habitude de cacher dans un bosquet voisin des scribes qui transcrivaient les poèmes au fur et à mesure que les auteurs les récitaient et, produisant ensuite le manuscrit ainsi établi, ils criaient au plagiat.

Lorsqu'ils eurent condamné Dharmi, Çiva daigna leur apparaître en personne et soutenir la thèse exposée dans la strophe soumise à leur jugement; mais ils persistèrent dans leur refus et le président, Nakkîra, osa tenir tête au dieu suprême. Irrité, Çiva découvrit l'œil de son front, cet œil terrible qui avait brulé Kâma, le dieu de l'amour, depuis lors incorporel. Les Académiciens, pour échapper à la mort, plongèrent aussitôt dans l'étang, d'où Nakkîra, reconnaissant enfin son erreur, s'humilia et implora son pardon. Dharmi reçut la bourse et le roi fut satisfait.

கொங்குதெரவாழ்ககையஞ்சிறைத்துமபி
காமஞ்செடபாதுகணடனமொழிமொ
பயிலியலதுகெழீஇயநடபின
மயிலியறசெறியெயிற்றரிவைசுநதலி
னறியவுமுளவொாநீயறியுமபூவெ

Cette strophe est remarquable à tous les points de vue. Elle ne contient qu'un seul mot sanscrit काम avec le sens de « passion, parti pris ». Le mot துமபி *tumbi*, que les dictionnaires traduisent « insecte », est plutôt ici « abeille » ou « papillon »; car il s'agit d'une de ces mouches bourdonnantes qui se posent sur les fleurs. Au point de vue purement grammatical, je ne signalerai que l'emploi adjectif வாழககை *vârkkei*, « bonheur, félicité ». On remarque que les vers ont quatre pieds, sauf l'avant-dernier, qui n'en a que trois.

கொங்குதெரவாழககை
யஞ்சிறைததுமபி

Les deux moitiés du premier vers consonnent par $ṇ$ et $\tilde{n}$; dans le second est l'assonance *kâ* et *ka*; le troisième et le quatrième consonnent richement; les deux derniers hémistiches ont la consonance en *r'i*, mais elle est à la seconde syllabe dans le premier et à la troisième dans le second. Dans aucun vers les deux connexions ne sont réunies.

On peut traduire : « Papillon aux belles ailes, heureux de connaître les bonnes odeurs, raconte ce que tu as vu sans parler avec passion ; dis ce qu'il en est avec une entière confiance : est-il des fleurs que tu connaisses plus parfumées que la chevelure de la femme à la démarche gracieuse du paon ? »

Les textes poétiques tamouls les plus anciens, les formules majestatiques qui accompagnent les donations royales inscrites sur les murs des pagodes sont toujours dans ce mètre ; ils présentent les mêmes irrégularités que les vers ci-dessus, surtout en ce qui concerne les consonances et les assonances.

§ VIII. Combinaisons.

Les combinaisons indiquées par les grammairiens n'existent guère que nominalement. Ils ont joint les noms des quatre mètres importants à ceux de trois autres mètres ou plutôt de certaines poésies, et ont fait ainsi divers genres nouveaux où le vers blanc, le vers magistral, etc., ne figurent que pour la forme.

Les trois genres dont il s'agit sont le தாழிசை *târisei*, le துறை *tur'ei* et le விருத்தம *viruttam*.

Le *târisei* « ton bas, harmonie baissée » paraît être un chant chorégraphique ou un hymne religieux en trois strophes de quatre vers ayant, suivant la variété, deux, trois ou quatre pieds qui suivent ordinairement la cadence du *venbâ*.

Le *tur'ei* « passage, gué, rivière » comprend un grand nombre de variétés. L'une d'elles, toute particulière, le *kalittur'ei*, observe une règle tirée à la fois de la poésie sanskrite par le nombre exact des syllabes des vers, et de la poésie tamoule par la cadence, l'assonance, etc., ce qui permet de supposer que le mot *tur'ei* doit être pris dans le sens de « transition, poème transitionnel ».

Le *viruttam* (sk. वृत्त) est probablement appelé ainsi parce qu'il est emprunté à la prosodie sanskrite, car pour les gens du Sud de l'Inde, tout ce qui est sanskrit est sacré, vénérable, antique.

C'est un mètre très varié. Les strophes y ont quatre vers consonants et ayant chacun une assonance; le nombre de pieds y est de quatre à sept ordinairement. Les vers sont égaux quant au nombre et à la disposition des pieds. Le nombre des variétés est considérable, puisque les divers pieds de deux et trois syllabes peuvent se combiner de très nombreuses façons. Beschi a relevé dans les auteurs quatre-vingt sept variétés qu'il a employées dans son *têmbâvani*.

Voici quelques noms des modules les plus courants :

Sept pieds : *viḷam, mâ, viḷam, mâ, viḷam, viḷam, puḷimâ;*

Six pieds : *viḷam, mâ, têmâ, viḷam, mâ, têmâ; — mâ, mâ, kây, mâ, mâ, kây;*

Cinq pieds : *mâ, puḷimâ, puḷimâ, puḷimângây, têmâ;*

Quatre pieds : *kani, viḷam, viḷam, mâ; — mâ, kûviḷam, kûviḷam, kûviḷam; — viḷam, viḷam, mâ, kûviḷam; — mâ, puḷimâ, puḷimâ, puḷimâ; — kây, kây, kây, kây.*

Ce mètre, qui est celui des grands poèmes épiques et des *Purâṇas*, est relativement moderne. Il n'a commencé a être en usage qu'à la troisième période littéraire. Plusieurs ouvrages, qui avaient été écrits en *veṇbâ*, notamment l'histoire de Naḷa, ont été refaits en *viruttam*. Les grammaires sont presque toutes en vers magistraux.

Il est d'ailleurs difficile de reconnaître à sa forme l'âge d'un poème tamoul. Les auteurs, en effet, se sont toujours crus obligés de se conformer à ce vieux précepte : «Sur quels sujets, avec quels mots, de quelle manière ont parlé les gens supérieurs; parler ainsi est la convenance du style» (மரபு *marabu*).

Les poètes indiens ne dédaignent pas les licences : quelques mots peuvent avoir certaines de leurs syllabes longues ou brèves, quelques mots sont susceptibles d'être tronqués, comme

தாமரை *tâmarei* «lotus», qui se réduit à மரை *marei*; des voyelles restent brèves devant une consonne double; l'aspiration ؞ *h* peut s'intercaler pour allonger une voyelle brève : அது *adu* «cela» et இது *idu* «ceci» peuvent s'écrire அஃது *aḥdu* et இஃது *iḥdu*; enfin, un certain nombre de mots d'une signification vague sont employés comme de simples explétifs : அனெறெ *an'd'ê* «n'est-ce pas?», மனெஞெ *man'n'ô* «certes», மாெதா *mâdô* «ô femme!», காண *kâṇ* «vois».

On les qualifie de அசெ *açei* qui doit être pris dans le sens du mot «utilité» de notre argot théâtral.

Les poètes indiens ne s'astreignent pas à l'observation raisonnée des règles de la prosodie; ils s'y conforment d'instinct. Chaque espèce de vers a son ton, son rythme, ou, si l'on veut, son air, sa mélodie propre, plus ou moins élastique, qui est un guide suffisant et un régulateur spontané. N'a-t-on pas ainsi fait dans tous les pays et dans tous les temps? Homère, Virgile, Dante, Racine, Victor Hugo n'ont jamais compté sur leurs doigts ou épluché le dictionnaire des rimes; le vers jaillit de leur plume, parfait et superbe, comme Minerve sortit toute armée du cerveau de Jupiter, comme Vénus s'élança victorieuse hors de l'onde amère. Les tons en tamoul s'appellent ஓசெ *ôçei* «bruit» ou இசெ *içei* «son, harmonie». Le vers magistral se chante sur le ton அகவல *agaval* «danse ou agitation du paon», le *kalippâ* sur le rythme துள்ளல் *tullal* «bonds ou sauts de la chèvre», etc. Ces tons sont donc certainement des airs de danses, de ces danses des peuples primitifs qui s'inspirent des mouvements des animaux. Je ne connais jusqu'à présent que cinq Européens qui aient composé des vers tamouls; le premier est le P. C. J. Beschi, jésuite italien qui a écrit beaucoup de petits poèmes religieux et un grand poème, le *Têmbâvaṇi* «guirlande qui ne se flétrit pas» ou «guirlande de vers harmonieux», qui est un pastiche des vieilles épopées classiques et qui raconte la vie de saint Joseph singulièrement indianisé. Les biographes indigènes affirment que, lorsqu'il eut terminé cet ouvrage, en 1726, seize ans après son arrivée dans l'Inde, Beschi le soumit au jugement d'une assemblée de poètes. Ces poètes, soit ignorants, soit jaloux, renvoyèrent le manuscrit en disant qu'ils ne le comprenaient pas, que l'auteur devait être un étranger peu au courant de la langue poétique. Alors Beschi eut la patience d'ajouter à chaque strophe l'explication en prose; cette fois l'assemblée, ravie d'admiration, s'empressa de reconnaître le mérite de l'ouvrage et le talent de l'auteur. Cette histoire est absurde à tous les points de vue et elle montre bien l'insouciance et l'imagination indiennes. Ce que les savants du pays ne pouvaient comprendre, ce n'étaient pas les mots ni les phrases toujours irréprochables, mais les théories religieuses, les doctrines philosophiques et les légendes chrétiennes dont le poème est rempli. Les Jésuites avaient du reste, peut-être à dessein, adapté les termes religieux hindous à leur propre croyance; ils avaient par exemple fait de புசை *pûçei* (पूजा) la « messe », et disaient *vêda* pour « religion ». Dans le dictionnaire tamoul de la Mission de Pondichéry, qui est le meilleur et le plus complet de tous, mais où l'esprit scientifique fait absolument défaut et qui est plein de remarques étranges et naïves, on est stupéfait de trouver parmi les énumérations indiennes classiques, la suivante : நவவான்ஓர் கணம் *nava vân'ôr kaṇam* « les neuf chœurs des habitants du ciel »; il s'agit des séraphins, des chérubins, des trônes, des vertus, des puissances, des dominations, des principautés, des archanges et des anges, qui ont des noms tamouls plus ou moins bizarres. Les premiers missionnaires avaient été mieux inspirés en traduisant, d'une manière assez fantaisiste d'ailleurs, les noms chrétiens; « Jean » est devenu அருளப்பன் *arulappan'* « le père gracieux », « Pierre » சின்னப்பன் *ç'inn'appan'* « le petit père » et « Louis » ஞானப்பிரகாசன் *ñân'appiragâçan'* (ज्ञानप्रकाश) « le sage lumineux ». Mais j'aime encore mieux les noms originaux, dont

M. J. VINSON.

plusieurs sont charmants, comme par exemple celui de மாசிலா-மணி *mâçilâmaṇi* « la pierre précieuse sans défauts ».

Le premier directeur du Collège de Madras, M. F. W. Ellis, près d'un siècle après Beschi, composa de fort beaux vers ta-mouls et notamment une sorte d'hymne en cinq strophes qui se terminent toutes par l'invocation நமசிவாய *namaçivâya* नम-शिवाय, mais l'auteur a soin d'expliquer qu'il faut traduire ce mot par « reverence to the holy God »! Cette explication ren-contrera bien des sceptiques, surtout parmi ceux qui liront le dernier vers de la première strophe : « J'abandonne le dieu que j'adorais, et je dis : ô toi qui es l'essence unique, hommage à Çiva ! »

Le P. Dupuis, de la mission de Pondichéry, et le Rev. G. U. Pope, le grammairien bien connu, ont aussi fait au cours du xixᵉ siècle plusieurs strophes. J'en ai écrit à mon tour quelques-unes. M. Pope m'écrivait, il y a environ dix ans, que, à cette époque, lui seul et moi, nous étions capables de comprendre quelque chose à la poésie tamoule; c'est pourquoi je prends la liberté de terminer cette notice, qui paraîtra peut-être insuffisante et incomplète, par un quatrain dans le mètre *nériçeiveṇbâ*, adressé à la Société asiatique :

மறைமகளுரகைடைத்த
மணஉலகிலெலகு
நிறைபுகழெநாந்தசடையெ
முறைகொாணட
நாமகணினெருடு
நாணமுழுது நிறடெவெ
மாமரமெடொலவாழகமலாநது

Ô assemblée dont la gloire s'est étendue partout, sur la terre qu'a façonnée la main du prince des Védas, puisses-tu prospérer florissante, comme un manguier fécond, sous la protection quotidienne de la déesse du langage, régulatrice suprême !